SEMAINIER PANORAMIQUE

2023

BONHEUR

ORGANISEZ VOTRE SEMAINE DE JANVIER À DÉCEMBRE 2023

MIXTE
Papier | Pour une gestion forestière responsable
FSC™ C005748

L'imprimeur utilise du papier certifié FSC™ issu de forêts gérées durablement, et des encres végétales respectueuses de l'environnement.

Crédits

Toutes les photographies proviennent d'iStock.

ISBN 978-2-38382-116-8 – ET21168 – Dépôt légal : octobre 2022.
Imprimé en RPC en mai 2022.
Média Diffusion. MDS Distribution.

www.editions365.eu

W0361183

DÉCEMBRE 2022						
L	M	M	J	V	S	D
			1	2	3	4
5	6	7	8	9	10	11
12	13	14	15	16	17	18
19	20	21	22	23	24	25
26	27	28	29	30	31	

NOTES

SEMAINE 52

DÉC. 2022-JANV. 2023

Lundi 26	Mardi 27	Mercredi 28	Jeudi 29	Vendredi 30	Samedi 31	Dimanche 1
St Étienne	St Jean	Sts Innocents	St David	St Roger	St Sylvestre	Jour de l'An
						FÉRIÉ

JANVIER 2023						
L	M	M	J	V	S	D
						1
2	3	4	5	6	7	8
9	10	11	12	13	14	15
16	17	18	19	20	21	22
23	24	25	26	27	28	29
30	31					

NOTES

SEMAINE 1

JANVIER 2023

Lundi 2	Mardi 3	Mercredi 4	Jeudi 5	Vendredi 6	Samedi 7	Dimanche 8
St Basile	Ste Geneviève	St Odilon	St Édouard	St Melaine	St Raymond	St Lucien

JANVIER 2023						
L	M	M	J	V	S	D
						1
2	3	4	5	6	7	8
9	10	11	12	13	14	15
16	17	18	19	20	21	22
23	24	25	26	27	28	29
30	31					

NOTES

JANVIER 2023

SEMAINE 2

Lundi 9	Mardi 10	Mercredi 11	Jeudi 12	Vendredi 13	Samedi 14	Dimanche 15
Ste Alix	St Guillaume	St Paulin	Ste Tatiana	Ste Yvette	Ste Nina	St Rémi

JANVIER 2023						
L	M	M	J	V	S	D
						1
2	3	4	5	6	7	8
9	10	11	12	13	14	15
16	17	18	19	20	21	22
23	24	25	26	27	28	29
30	31					

NOTES

SEMAINE 3

JANVIER 2023

Lundi 16	Mardi 17	Mercredi 18	Jeudi 19	Vendredi 20	Samedi 21	Dimanche 22
St Marcel	Ste Roseline	Ste Prisca	St Marius	St Sébastien	Ste Agnès	St Vincent

JANVIER 2023						
L	M	M	J	V	S	D
						1
2	3	4	5	6	7	8
9	10	11	12	13	14	15
16	17	18	19	20	21	22
23	24	25	26	27	28	29
30	31					

NOTES

SEMAINE 4

JANVIER 2023

Lundi 23	Mardi 24	Mercredi 25	Jeudi 26	Vendredi 27	Samedi 28	Dimanche 29
St Barnard	St François de Sales	Conversion de saint Paul	Ste Paule	Ste Angèle	St Thomas d'Aquin	St Gildas

FÉVRIER 2023						
L	M	M	J	V	S	D
		1	2	3	4	5
6	7	8	9	10	11	12
13	14	15	16	17	18	19
20	21	22	23	24	25	26
27	28					

NOTES

SEMAINE 5

JANV.-FÉV. 2023

Lundi 30	Mardi 31	Mercredi 1	Jeudi 2	Vendredi 3	Samedi 4	Dimanche 5
Ste Martine	Ste Marcelle	Ste Ella	St Théophane	St Blaise	Ste Véronique	Ste Agathe

FÉVRIER 2023						
L	M	M	J	V	S	D
		1	2	3	4	5
6	7	8	9	10	11	12
13	14	15	16	17	18	19
20	21	22	23	24	25	26
27	28					

NOTES

FÉVRIER 2023

Lundi 6	Mardi 7	Mercredi 8	Jeudi 9	Vendredi 10	Samedi 11	Dimanche 12
St Gaston	Ste Eugénie	Ste Jacqueline	Ste Apolline	St Arnaud	N.-D. de Lourdes	St Félix

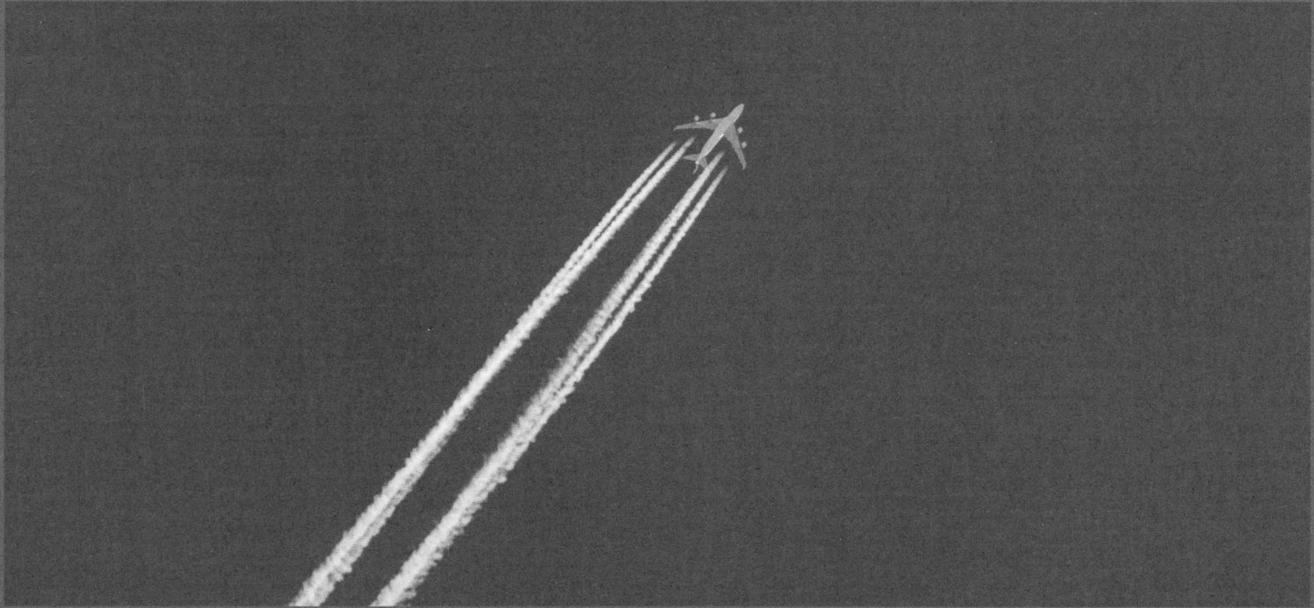

FÉVRIER 2023

L	M	M	J	V	S	D
		1	2	3	4	5
6	7	8	9	10	11	12
13	14	15	16	17	18	19
20	21	22	23	24	25	26
27	28					

NOTES

SEMAINE 7

FÉVRIER 2023

Lundi 13	Mardi 14	Mercredi 15	Jeudi 16	Vendredi 17	Samedi 18	Dimanche 19
Ste Béatrice	St Valentin	St Claude	Ste Julienne	St Alexis	Ste Bernadette	St Gabin

FÉVRIER 2023						
L	M	M	J	V	S	D
		1	2	3	4	5
6	7	8	9	10	11	12
13	14	15	16	17	18	19
20	21	22	23	24	25	26
27	28					

NOTES

SEMAINE 8

FÉVRIER 2023

Lundi 20	Mardi 21	Mercredi 22	Jeudi 23	Vendredi 24	Samedi 25	Dimanche 26
Ste Aimée	St Pierre-Damien	Ste Isabelle	St Lazare	St Modeste	St Roméo	St Nestor

MARS 2023						
L	M	M	J	V	S	D
		1	2	3	4	5
6	7	8	9	10	11	12
13	14	15	16	17	18	19
20	21	22	23	24	25	26
27	28	29	30	31		

NOTES

FÉV.-MARS 2023

Lundi 27	Mardi 28	Mercredi 1	Jeudi 2	Vendredi 3	Samedi 4	Dimanche 5
Ste Honorine	St Romain	St Aubin	St Charles le Bon	St Guénolé	St Casimir	Ste Olive

MARS 2023						
L	M	M	J	V	S	D
		1	2	3	4	5
6	7	8	9	10	11	12
13	14	15	16	17	18	19
20	21	22	23	24	25	26
27	28	29	30	31		

NOTES

MARS 2023

Lundi 6	Mardi 7	Mercredi 8	Jeudi 9	Vendredi 10	Samedi 11	Dimanche 12
Ste Colette	Ste Félicité	St Jean de Dieu	Ste Françoise	St Vivien	Ste Rosine	Ste Justine

MARS 2023						
L	M	M	J	V	S	D
		1	2	3	4	5
6	7	8	9	10	11	12
13	14	15	16	17	18	19
20	21	22	23	24	25	26
27	28	29	30	31		

NOTES

MARS 2023

Lundi 13	Mardi 14	Mercredi 15	Jeudi 16	Vendredi 17	Samedi 18	Dimanche 19
St Rodrigue	Ste Mathilde	Ste Louise	Ste Bénédicte	St Patrick	St Cyrille	St Joseph

MARS 2023						
L	M	M	J	V	S	D
		1	2	3	4	5
6	7	8	9	10	11	12
13	14	15	16	17	18	19
20	21	22	23	24	25	26
27	28	29	30	31		

NOTES

MARS 2023

Lundi 20	Mardi 21	Mercredi 22	Jeudi 23	Vendredi 24	Samedi 25	Dimanche 26
St Herbert	Ste Clémence	Ste Léa	St Victorien	Ste Catherine de Suède	St Humbert	Ste Larissa

MARS 2023						
L	M	M	J	V	S	D
		1	2	3	4	5
6	7	8	9	10	11	12
13	14	15	16	17	18	19
20	21	22	23	24	25	26
27	28	29	30	31		

NOTES

SEMAINE 13

MARS-AVRIL 2023

Lundi 27	Mardi 28	Mercredi 29	Jeudi 30	Vendredi 31	Samedi 1	Dimanche 2
St Habib	St Gontran	Ste Gladys	St Amédée	St Benjamin	St Hugues	Ste Sandrine

AVRIL 2023						
L	M	M	J	V	S	D
					1	2
3	4	5	6	7	8	9
10	11	12	13	14	15	16
17	18	19	20	21	22	23
24	25	26	27	28	29	30

NOTES

SEMAINE 14

AVRIL 2023

Lundi 3	Mardi 4	Mercredi 5	Jeudi 6	Vendredi 7	Samedi 8	Dimanche 9
St Richard	St Isidore	Ste Irène	St Marcellin	St Jean-Baptiste de La Salle	Ste Julie	St Gautier Pâques FÉRIÉ

AVRIL 2023						
L	M	M	J	V	S	D
					1	2
3	4	5	6	7	8	9
10	11	12	13	14	15	16
17	18	19	20	21	22	23
24	25	26	27	28	29	30

NOTES

SEMAINE 15

AVRIL 2023

Lundi 10	Mardi 11	Mercredi 12	Jeudi 13	Vendredi 14	Samedi 15	Dimanche 16
St Fulbert Lundi de Pâques FÉRIÉ	St Stanislas	St Jules	Ste Ida	St Maxime	St Paterne	St Benoît-Joseph

AVRIL 2023						
L	M	M	J	V	S	D
					1	2
3	4	5	6	7	8	9
10	11	12	13	14	15	16
17	18	19	20	21	22	23
24	25	26	27	28	29	30

NOTES

SEMAINE 16

AVRIL 2023

Lundi 17	Mardi 18	Mercredi 19	Jeudi 20	Vendredi 21	Samedi 22	Dimanche 23
St Anicet	St Parfait	Ste Emma	Ste Odette	St Anselme	St Alexandre	St Georges

AVRIL 2023						
L	M	M	J	V	S	D
					1	2
3	4	5	6	7	8	9
10	11	12	13	14	15	16
17	18	19	20	21	22	23
24	25	26	27	28	29	30

NOTES

SEMAINE 17

AVRIL 2023

Lundi 24	Mardi 25	Mercredi 26	Jeudi 27	Vendredi 28	Samedi 29	Dimanche 30
St Fidèle	St Marc	Ste Alida	Ste Zita	Ste Valérie	Ste Catherine de Sienne	St Robert

MAI 2023						
L	M	M	J	V	S	D
1	2	3	4	5	6	7
8	9	10	11	12	13	14
15	16	17	18	19	20	21
22	23	24	25	26	27	28
29	30	31				

NOTES

MAI 2023

Lundi 1	Mardi 2	Mercredi 3	Jeudi 4	Vendredi 5	Samedi 6	Dimanche 7
St Jérémie Fête du Travail FÉRIÉ	St Boris	Sts Philippe et Jacques	St Sylvain	Ste Judith	Ste Prudence	Ste Gisèle

MAI 2023						
L	M	M	J	V	S	D
1	2	3	4	5	6	7
8	9	10	11	12	13	14
15	16	17	18	19	20	21
22	23	24	25	26	27	28
29	30	31				

NOTES

SEMAINE 19

MAI 2023

Lundi 8	Mardi 9	Mercredi 10	Jeudi 11	Vendredi 12	Samedi 13	Dimanche 14
St Désiré Victoire de 1945 FÉRIÉ	St Pacôme	Ste Solange	Ste Estelle	St Achille	Ste Rolande	St Matthias

MAI 2023						
L	M	M	J	V	S	D
1	2	3	4	5	6	7
8	9	10	11	12	13	14
15	16	17	18	19	20	21
22	23	24	25	26	27	28
29	30	31				

NOTES

SEMAINE 20

MAI 2023

Lundi 15	Mardi 16	Mercredi 17	Jeudi 18	Vendredi 19	Samedi 20	Dimanche 21
Ste Denise	St Honoré	St Pascal	St Éric Ascension FÉRIÉ	St Yves	St Bernardin	St Constantin

MAI 2023						
L	M	M	J	V	S	D
1	2	3	4	5	6	7
8	9	10	11	12	13	14
15	16	17	18	19	20	21
22	23	24	25	26	27	28
29	30	31				

NOTES

SEMAINE 21

MAI 2023

Lundi 22	Mardi 23	Mercredi 24	Jeudi 25	Vendredi 26	Samedi 27	Dimanche 28
St Émile	St Didier	St Donatien	Ste Sophie	St Bérenger	St Augustin de Cantorbéry	St Germain Pentecôte FÉRIÉ

JUIN 2023						
L	M	M	J	V	S	D
			1	2	3	4
5	6	7	8	9	10	11
12	13	14	15	16	17	18
19	20	21	22	23	24	25
26	27	28	29	30		

NOTES

SEMAINE 22

MAI-JUIN 2023

Lundi 29	Mardi 30	Mercredi 31	Jeudi 1	Vendredi 2	Samedi 3	Dimanche 4
St Aymar Lundi de Pentecôte FÉRIÉ	Ste Jeanne d'Arc	Ste Pétronille	St Justin	Ste Blandine	St Kévin	Ste Clotilde

JUIN 2023						
L	M	M	J	V	S	D
			1	2	3	4
5	6	7	8	9	10	11
12	13	14	15	16	17	18
19	20	21	22	23	24	25
26	27	28	29	30		

NOTES

SEMAINE 23

JUIN 2023

Lundi 5	Mardi 6	Mercredi 7	Jeudi 8	Vendredi 9	Samedi 10	Dimanche 11
St Igor	St Norbert	St Gilbert	St Médard	Ste Diane	St Landry	St Barnabé

JUIN 2023

L	M	M	J	V	S	D
			1	2	3	4
5	6	7	8	9	10	11
12	13	14	15	16	17	18
19	20	21	22	23	24	25
26	27	28	29	30		

NOTES

SEMAINE 24

JUIN 2023

Lundi 12	Mardi 13	Mercredi 14	Jeudi 15	Vendredi 16	Samedi 17	Dimanche 18
St Guy	St Antoine	St Élisée	Ste Germaine	St Jean-François Régis	St Hervé	St Léonce

JUIN 2023						
L	M	M	J	V	S	D
			1	2	3	4
5	6	7	8	9	10	11
12	13	14	15	16	17	18
19	20	21	22	23	24	25
26	27	28	29	30		

NOTES

SEMAINE 25

JUIN 2023

Lundi 19	Mardi 20	Mercredi 21	Jeudi 22	Vendredi 23	Samedi 24	Dimanche 25
St Romuald	St Silvère	St Rodolphe	St Alban	Ste Audrey	St Jean-Baptiste	St Prosper

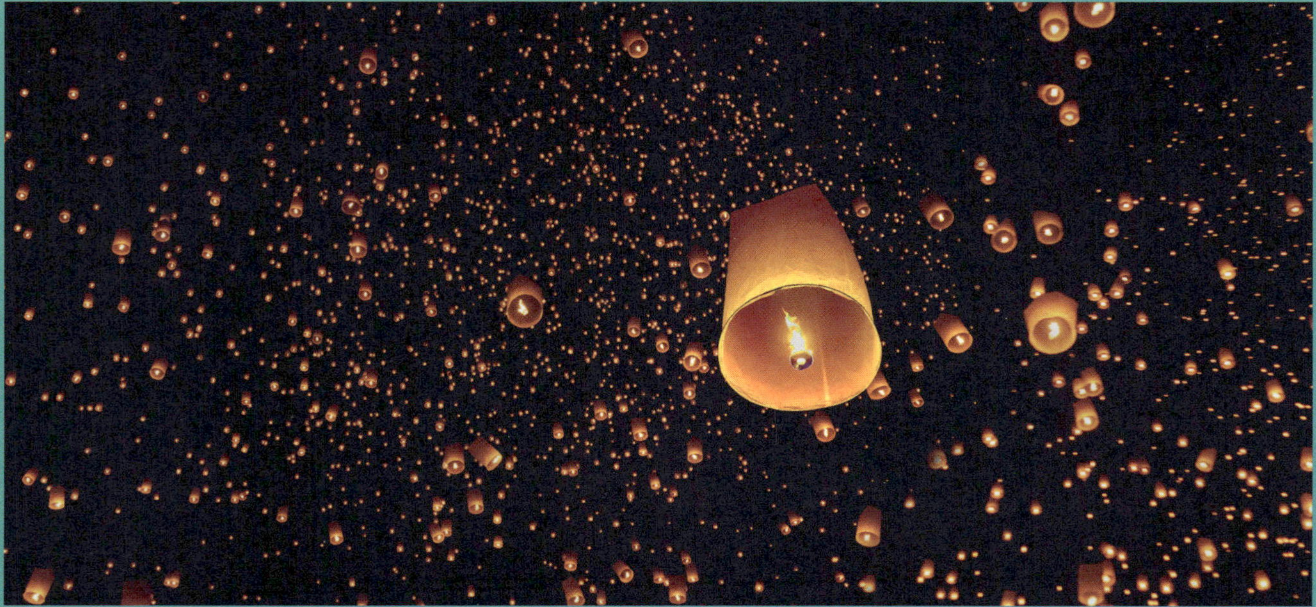

JUIN 2023						
L	M	M	J	V	S	D
			1	2	3	4
5	6	7	8	9	10	11
12	13	14	15	16	17	18
19	20	21	22	23	24	25
26	27	28	29	30		

NOTES

SEMAINE 26

JUIN-JUILLET 2023

Lundi 26	Mardi 27	Mercredi 28	Jeudi 29	Vendredi 30	Samedi 1	Dimanche 2
St Anthelme	St Fernand	St Irénée	Sts Pierre et Paul	St Martial	St Thierry	St Martinien

JUILLET 2023						
L	M	M	J	V	S	D
					1	2
3	4	5	6	7	8	9
10	11	12	13	14	15	16
17	18	19	20	21	22	23
24	25	26	27	28	29	30
31						

NOTES

SEMAINE 27

JUILLET 2023

Lundi 3	Mardi 4	Mercredi 5	Jeudi 6	Vendredi 7	Samedi 8	Dimanche 9
St Thomas	St Florent	Ste Zoé	Ste Mariette	St Raoul	St Thibaut	Ste Amandine

JUILLET 2023

L	M	M	J	V	S	D
					1	2
3	4	5	6	7	8	9
10	11	12	13	14	15	16
17	18	19	20	21	22	23
24	25	26	27	28	29	30
31						

NOTES

SEMAINE 28

JUILLET 2023

Lundi 10	Mardi 11	Mercredi 12	Jeudi 13	Vendredi 14	Samedi 15	Dimanche 16
St Ulrich	St Benoît	St Olivier	Sts Henri et Joël	St Camille Fête nationale française FÉRIÉ	St Donald	N.-D. du Mont-Carmel

JUILLET 2023						
L	M	M	J	V	S	D
					1	2
3	4	5	6	7	8	9
10	11	12	13	14	15	16
17	18	19	20	21	22	23
24	25	26	27	28	29	30
31						

NOTES

SEMAINE 29

JUILLET 2023

Lundi 17	Mardi 18	Mercredi 19	Jeudi 20	Vendredi 21	Samedi 22	Dimanche 23
Ste Charlotte	St Frédéric	St Arsène	Ste Marina	St Victor	Ste Marie-Madeleine	Ste Brigitte

JUILLET 2023						
L	M	M	J	V	S	D
					1	2
3	4	5	6	7	8	9
10	11	12	13	14	15	16
17	18	19	20	21	22	23
24	25	26	27	28	29	30
31						

NOTES

SEMAINE 30

JUILLET 2023

Lundi 24	Mardi 25	Mercredi 26	Jeudi 27	Vendredi 28	Samedi 29	Dimanche 30
Ste Christine	St Jacques	Sts Anne et Joachim	Ste Nathalie	St Samson	Ste Marthe	Ste Juliette

AOÛT 2023

L	M	M	J	V	S	D
	1	2	3	4	5	6
7	8	9	10	11	12	13
14	15	16	17	18	19	20
21	22	23	24	25	26	27
28	29	30	31			

NOTES

SEMAINE 31

JUILLET-AOÛT 2023

Lundi 31	Mardi 1	Mercredi 2	Jeudi 3	Vendredi 4	Samedi 5	Dimanche 6
St Ignace de Loyola	St Alphonse	St Julien	Ste Lydie	St Jean-Marie Vianney	St Abel	St Octavien

AOÛT 2023						
L	M	M	J	V	S	D
	1	2	3	4	5	6
7	8	9	10	11	12	13
14	15	16	17	18	19	20
21	22	23	24	25	26	27
28	29	30	31			

NOTES

SEMAINE 32

AOÛT 2023

Lundi 7	Mardi 8	Mercredi 9	Jeudi 10	Vendredi 11	Samedi 12	Dimanche 13
St Gaétan	St Dominique	St Amour	St Laurent	Ste Claire	Ste Jeanne-Françoise de Chantal	St Hippolyte

AOÛT 2023						
L	M	M	J	V	S	D
	1	2	3	4	5	6
7	8	9	10	11	12	13
14	15	16	17	18	19	20
21	22	23	24	25	26	27
28	29	30	31			

NOTES

SEMAINE 33

AOÛT 2023

Lundi 14	Mardi 15	Mercredi 16	Jeudi 17	Vendredi 18	Samedi 19	Dimanche 20
St Evrard	Ste Marie Assomption FÉRIÉ	St Armel	St Hyacinthe	Ste Hélène	St Jean Eudes	St Bernard

AOÛT 2023						
L	M	M	J	V	S	D
	1	2	3	4	5	6
7	8	9	10	11	12	13
14	15	16	17	18	19	20
21	22	23	24	25	26	27
28	29	30	31			

NOTES

AOÛT 2023

Lundi 21	Mardi 22	Mercredi 23	Jeudi 24	Vendredi 25	Samedi 26	Dimanche 27
St Christophe	St Fabrice	Ste Rose de Lima	St Barthélemy	St Louis	Ste Natacha	Ste Monique

AOÛT 2023						
L	M	M	J	V	S	D
	1	2	3	4	5	6
7	8	9	10	11	12	13
14	15	16	17	18	19	20
21	22	23	24	25	26	27
28	29	30	31			

NOTES

AOÛT-SEPT. 2023

Lundi 28	Mardi 29	Mercredi 30	Jeudi 31	Vendredi 1	Samedi 2	Dimanche 3
St Augustin	Ste Sabine	St Fiacre	St Aristide	St Gilles	Ste Ingrid	St Grégoire

SEPTEMBRE 2023						
L	M	M	J	V	S	D
				1	2	3
4	5	6	7	8	9	10
11	12	13	14	15	16	17
18	19	20	21	22	23	24
25	26	27	28	29	30	

NOTES

SEMAINE 36

SEPTEMBRE 2023

Lundi 4	Mardi 5	Mercredi 6	Jeudi 7	Vendredi 8	Samedi 9	Dimanche 10
Ste Rosalie	Ste Raïssa	St Bertrand	Ste Reine	St Adrien	St Alain	Ste Inès

SEPTEMBRE 2023						
L	M	M	J	V	S	D
				1	2	3
4	5	6	7	8	9	10
11	12	13	14	15	16	17
18	19	20	21	22	23	24
25	26	27	28	29	30	

NOTES

SEPTEMBRE 2023

Lundi 11	Mardi 12	Mercredi 13	Jeudi 14	Vendredi 15	Samedi 16	Dimanche 17
St Adelphe	St Apollinaire	St Aimé	St Materne	St Roland	Ste Édith	St Renaud

SEPTEMBRE 2023						
L	M	M	J	V	S	D
				1	2	3
4	5	6	7	8	9	10
11	12	13	14	15	16	17
18	19	20	21	22	23	24
25	26	27	28	29	30	

NOTES

SEPTEMBRE 2023

Lundi 18	Mardi 19	Mercredi 20	Jeudi 21	Vendredi 22	Samedi 23	Dimanche 24
Ste Nadège	Ste Émilie	St Jean-Charles	St Matthieu	St Maurice	St Constant	St Anatole

SEPTEMBRE 2023						
L	M	M	J	V	S	D
				1	2	3
4	5	6	7	8	9	10
11	12	13	14	15	16	17
18	19	20	21	22	23	24
25	26	27	28	29	30	

NOTES

SEMAINE 39

SEPT.-OCT. 2023

Lundi 25	Mardi 26	Mercredi 27	Jeudi 28	Vendredi 29	Samedi 30	Dimanche 1
St Hermann	Sts Côme et Damien	St Vincent de Paul	St Venceslas	Sts Michel, Gabriel et Raphaël	St Jérôme	Ste Thérèse de l'Enfant Jésus

OCTOBRE 2023						
L	M	M	J	V	S	D
						1
2	3	4	5	6	7	8
9	10	11	12	13	14	15
16	17	18	19	20	21	22
23	24	25	26	27	28	29
30	31					

NOTES

SEMAINE 40

OCTOBRE 2023

Lundi 2	Mardi 3	Mercredi 4	Jeudi 5	Vendredi 6	Samedi 7	Dimanche 8
St Léger	St Gérard	St François d'Assise	Ste Fleur	St Bruno	St Serge	Ste Pélagie

OCTOBRE 2023						
L	M	M	J	V	S	D
						1
2	3	4	5	6	7	8
9	10	11	12	13	14	15
16	17	18	19	20	21	22
23	24	25	26	27	28	29
30	31					

NOTES

SEMAINE 41

OCTOBRE 2023

Lundi 9	Mardi 10	Mercredi 11	Jeudi 12	Vendredi 13	Samedi 14	Dimanche 15
St Denis	St Ghislain	St Firmin	St Wilfried	St Géraud	St Juste	Ste Thérèse d'Avila

OCTOBRE 2023						
L	M	M	J	V	S	D
						1
2	3	4	5	6	7	8
9	10	11	12	13	14	15
16	17	18	19	20	21	22
23	24	25	26	27	28	29
30	31					

NOTES

SEMAINE 42

OCTOBRE 2023

Lundi 16	Mardi 17	Mercredi 18	Jeudi 19	Vendredi 20	Samedi 21	Dimanche 22
Ste Edwige	St Baudouin	St Luc	St René	Ste Adeline	Ste Céline	Ste Élodie

OCTOBRE 2023						
L	M	M	J	V	S	D
						1
2	3	4	5	6	7	8
9	10	11	12	13	14	15
16	17	18	19	20	21	22
23	24	25	26	27	28	29
30	31					

NOTES

SEMAINE 43

OCTOBRE 2023

Lundi 23	Mardi 24	Mercredi 25	Jeudi 26	Vendredi 27	Samedi 28	Dimanche 29
St Jean de Capistran	St Florentin	St Crépin	St Dimitri	Ste Émeline	Sts Simon et Jude	St Narcisse

NOVEMBRE 2023						
L	M	M	J	V	S	D
		1	2	3	4	5
6	7	8	9	10	11	12
13	14	15	16	17	18	19
20	21	22	23	24	25	26
27	28	29	30			

NOTES

SEMAINE 44

OCT.-NOV. 2023

Lundi 30	Mardi 31	Mercredi 1	Jeudi 2	Vendredi 3	Samedi 4	Dimanche 5
Ste Bienvenue	St Quentin	Ste Cassandre Toussaint FÉRIÉ	St Victorin	St Hubert	St Charles	Ste Sylvie

NOVEMBRE 2023						
L	M	M	J	V	S	D
		1	2	3	4	5
6	7	8	9	10	11	12
13	14	15	16	17	18	19
20	21	22	23	24	25	26
27	28	29	30			

NOTES

SEMAINE 45

NOVEMBRE 2023

Lundi 6	Mardi 7	Mercredi 8	Jeudi 9	Vendredi 10	Samedi 11	Dimanche 12
St Léonard	Ste Carine	St Geoffroy	St Théodore	St Léon	St Martin de Tours Armistice de 1918 FÉRIÉ	St Christian

NOVEMBRE 2023						
L	M	M	J	V	S	D
		1	2	3	4	5
6	7	8	9	10	11	12
13	14	15	16	17	18	19
20	21	22	23	24	25	26
27	28	29	30			

NOTES

SEMAINE 46

NOVEMBRE 2023

Lundi 13	Mardi 14	Mercredi 15	Jeudi 16	Vendredi 17	Samedi 18	Dimanche 19
St Brice	St Sidoine	St Albert	Ste Marguerite	Ste Élisabeth	Ste Aude	St Tanguy

NOVEMBRE 2023						
L	M	M	J	V	S	D
		1	2	3	4	5
6	7	8	9	10	11	12
13	14	15	16	17	18	19
20	21	22	23	24	25	26
27	28	29	30			

NOTES

SEMAINE 47

NOVEMBRE 2023

Lundi 20	Mardi 21	Mercredi 22	Jeudi 23	Vendredi 24	Samedi 25	Dimanche 26
St Edmond	St Rufus	Ste Cécile	St Clément	Ste Flora	Ste Catherine	Ste Delphine

NOVEMBRE 2023						
L	M	M	J	V	S	D
		1	2	3	4	5
6	7	8	9	10	11	12
13	14	15	16	17	18	19
20	21	22	23	24	25	26
27	28	29	30			

NOTES

NOV.-DÉC. 2023

Lundi 27	Mardi 28	Mercredi 29	Jeudi 30	Vendredi 1	Samedi 2	Dimanche 3
St Séverin	St Jacques de la Marche	St Saturnin	St André	Ste Florence	Ste Viviane	St Xavier

DÉCEMBRE 2023						
L	M	M	J	V	S	D
				1	2	3
4	5	6	7	8	9	10
11	12	13	14	15	16	17
18	19	20	21	22	23	24
25	26	27	28	29	30	31

NOTES

SEMAINE 49

DÉCEMBRE 2023

Lundi 4	Mardi 5	Mercredi 6	Jeudi 7	Vendredi 8	Samedi 9	Dimanche 10
Ste Barbara	St Gérald	St Nicolas	St Ambroise	St Hildeman	St Pierre Fourier	St Romaric

DÉCEMBRE 2023						
L	M	M	J	V	S	D
				1	2	3
4	5	6	7	8	9	10
11	12	13	14	15	16	17
18	19	20	21	22	23	24
25	26	27	28	29	30	31

NOTES

SEMAINE 50

DÉCEMBRE 2023

Lundi 11	Mardi 12	Mercredi 13	Jeudi 14	Vendredi 15	Samedi 16	Dimanche 17
St Daniel	St Corentin	Ste Lucie	Ste Odile	Ste Ninon	Ste Alice	St Gaël

DÉCEMBRE 2023						
L	M	M	J	V	S	D
				1	2	3
4	5	6	7	8	9	10
11	12	13	14	15	16	17
18	19	20	21	22	23	24
25	26	27	28	29	30	31

NOTES

SEMAINE 51

DÉCEMBRE 2023

Lundi 18	Mardi 19	Mercredi 20	Jeudi 21	Vendredi 22	Samedi 23	Dimanche 24
St Gatien	St Urbain	St Théophile	St Pierre Canisius	Ste Françoise-Xavière	St Armand	Ste Adèle

DÉCEMBRE 2023						
L	M	M	J	V	S	D
				1	2	3
4	5	6	7	8	9	10
11	12	13	14	15	16	17
18	19	20	21	22	23	24
25	26	27	28	29	30	31

NOTES

SEMAINE 52

DÉCEMBRE 2023

Lundi 25	Mardi 26	Mercredi 27	Jeudi 28	Vendredi 29	Samedi 30	Dimanche 31
St Emmanuel Noël FÉRIÉ	St Étienne	St Jean	Sts Innocents	St David	St Roger	St Sylvestre

Notes